Sur les genoux de maman

Pour Kate

A. H. S.

Pour Jewel Ross Bowles et
LaVerne Bowles Coalson

G. C.

Traduit de l'américain par Agnès Desarthe
ISBN 978-2-211-02978-0

Titre original : « On Mother's lap » (Clarion Books, New York)
Loi numéro 49 956 du 16 juillet 1949 sur les publications
destinées à la jeunesse : septembre 1993
Dépôt légal : décembre 2016
Imprimé en France par Clerc à Saint-Amand Montrond

Ann Herbert Scott

Sur les genoux de maman

illustrations de Glo Coalson

les lutins de l'école des loisirs
11, rue de Sèvres, Paris 6[e]

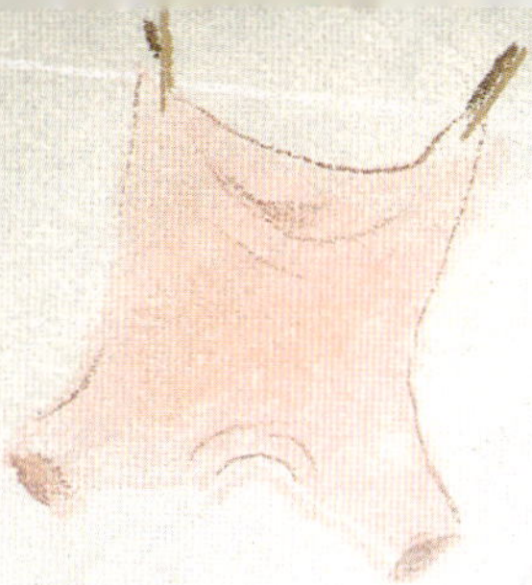

Michaël est assis sur les genoux de sa maman.
En avant, en arrière,
en avant, en arrière, ils se balancent.

Blazo

« Prenons la poupée »,
dit Michaël.

Une seconde plus tard, Michaël et sa poupée
sont sur les genoux de maman.
En avant, en arrière, en avant, en arrière,
ils se balancent.

« Mon bateau s'ennuie tout seul », dit Michaël.
« Prenons le bateau. »

Michaël grimpe sur les genoux de maman
avec son bateau d'un côté et sa poupée de l'autre.
En avant, en arrière, en avant, en arrière,
ils se balancent.

« Je veux ma couverture d'élan », dit Michaël.

Michaël enroule bien soigneusement
sa couverture d'élan
autour de son bateau et de sa poupée.
En avant, en arrière, en avant, en arrière,
ils se balancent
sur les genoux de maman.

« Toutou veut venir aussi », dit Michaël.

Michaël, le bateau, la poupée et Toutou
se blottissent tous ensemble sous la couverture d'élan
et sur les genoux de maman. En avant, en arrière,
en avant, en arrière, ils se balancent.

« J'entends bébé pleurer », dit maman.
« Bébé aussi voudrait se balancer. »

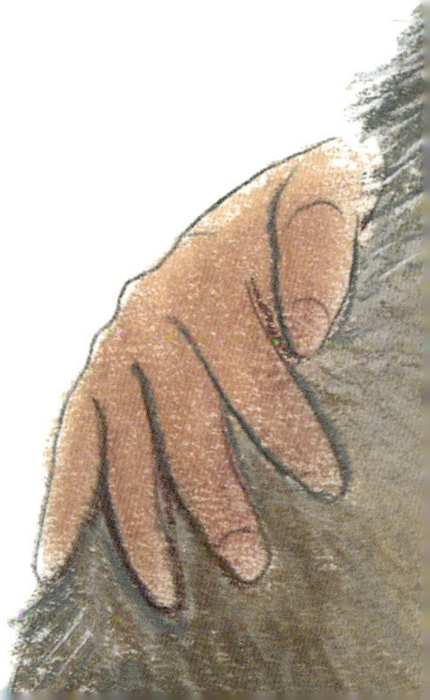

« Il n'y a plus de place », dit Michaël.

«Voyons ça», dit maman.

Michaël et le bébé se serrent fort
contre maman. Le bateau, la poupée et Toutou
sont dans les bras de Michaël,
la couverture d'élan les enveloppe tous
dans la même chaleur.
En avant, en arrière, en avant, en arrière,
ils se balancent.

« C’est bon », dit Michaël.

Sa maman le serre fort.
« Tu sais, c'est amusant », murmure-t-elle,
« il y a toujours de la place
sur les genoux de maman. »